Janjak & Freda

go to the Iron Market
ale Mache an Fè

by Elizabeth Turnbull

illustrated by Mark Jones

Creole text by Wally Turnbull

In memory of Joan Martineau,
who loved the children of Haiti

Liv sa a dedye a memwa Joan Martineau
ki te gen yon kè plen lanmou pou timoun peyi Ayiti

As the colorful *tap-tap* stopped in front of the red and green Iron Market in downtown Port-au-Prince, Janjak and his cousin Freda felt their eyes grow big with wonder.

"*Marenn*, look!" They exclaimed together, turning to their godmother, Mrs. Pierre. She was taking them on their very first adventure to the famous market.

"It's so big!" Janjak said.

"It's so beautiful!" Freda responded, looking at the clock tower standing tall in front of them. "I've never seen anything like it."

Tap-tap la tou pentire ak bèl desen li yo rete devan Mache an Fè Pòtoprens la. Janjak ak ti kouzinn li Freda gade ak gwo je.

"Marenn, gade!" Yo tou le de di nan menm moman ak vwa byen eksite. Yo vire gade Madan Pyè, ki te mennen yo fè yon premye vizit nan mache tout moun t ap pale a.

Janjak di "ala gwo li gwo!"

"Ala bèl li bèl!" Freda reponn. Li leve je l gade pandil la jouk anlè nan tèt mache a devan yo, li di, "Se premye fwa ke m janm wè yon bagay konsa."

Mrs. Pierre spotted a man selling *frescos* near the entrance to the market. "The *tap-tap* ride was long and dusty," she said. "I think I know just what we need to refresh ourselves."

Janjak followed his godmother's gaze. "*Frescos!*" he exclaimed.

The *fresco* man carefully shaved off the ice and packed it in little paper cones for the children.

"What flavor of syrup do you want on top?" he asked them, smiling.

"I'd like cherry, please," Freda said.

"I'd like mint," Janjak responded.

The honeybees buzzing around the bottles seemed to like all the flavors.

Madan Pyè wè yon mesye k ap vann fresko bò antre mache a. Li di timoun yo "Kous tap-tap la te long epi te gen anpil pousyè. Mwen konnen egzakteman kisa nou bezwen pou n rafreshi nou."

Janjak wè kote marenn li ap voye je l. "Fresko!" li kriye byen fò.

Machann fresko a pran anpil swen pou l graje de bèl fresko. Li mete yo nan kòne pou timoun yo.

"Ki siwo n vle m mete pou nou?" li mande timoun yo avèk yon gwo souri.

"Mwen vle seriz, tanpri" Freda di.

"Mete mant nan pa m," Janjak reponn.

Ti myèl yo ki t ap vonvonnen boutèy yo sanble ke yo renmen tout kalite siwo yo.

When they entered the big hall, Janjak and Freda stood in amazement. The crowds of people reminded Janjak of the ants that would scurry about whenever he'd accidentally step on an anthill.

The people seemed to swirl around in circles, carrying heavy bags and baskets on their heads and in their hands. This happened at the local market near Janjak and Freda's home, too, but never had they seen so many people in one place. Freda decided there were more people in this market than on the entire mountainside where she and Janjak lived.

Mrs. Pierre walked with the children to a fruit vendor. On his table were mounds of yellow mangos speckled with brown spots to say they were at their sweetest. There were also bunches of bananas, clusters of *keneps*, and piles of cherimoyas and soursops.

"Mr. Joseph, these are my godchildren, Janjak and Freda," Mrs. Pierre said.

Lè yo antre nan gran sal mache a, Janjak ak Freda kanpe gade byen sezi lè yo wè kantite moun ki gen nan mache a. Mouvman foul la fè Janjak sonje kouri foumi lè l konn pile nich yo pa aksidan.

Foul la sanble kòm si l ap vire fè wonn nan mache a, gwo panye ak sak lou sou tèt yo ak nan men yo. Janjak ak Freda te konn wè sa ap fèt nan ti mache bò lakay yo a men yo pa t ko janm wè si anpil moun konsa. Freda panse ke mache sa a gen plis moun ke tout bouk kote l rete a.

Madan Pyè menen timoun yo wè yon machann fwi. Tab devan li a te ranje ak pil mango bye jòn. Mango yo te kòmanse gen ti tach sou yo ki montre ke yo finn mi byen dous. Apa mango yo te gen pat fig, grap kenèp, pil kashiman, and kèk gwo kowosòl.

Madan Pyè di, "Mesye Josèf, m ap prezante w fiyèl mwen yo, Janjak ak Freda."

"*Bonjou*," said Janjak and Freda, greeting Mr. Joseph in the way their mothers had taught them.

"*Bonjou*, children," Mr. Joseph responded. "How are you today?"

"We are very well!" Janjak spoke up. "*Marenn* has brought us to see the Iron Market."

"I have to meet with some of the *machanns* at the market," Mrs. Pierre said to Mr. Joseph. "While I'm speaking with the vendors, would you be able to keep an eye on Janjak and Freda, please?"

Then, Mrs. Pierre added, "They will be very good and mind their manners, won't you children?"

"Yes, *Marenn*, we promise," Freda answered. Janjak nodded in agreement.

Mr. Joseph smiled and said that of course he would like to help. As Mrs. Pierre walked away into the big crowd of people, Janjak and Freda felt a little curious about all the things she would see. They silently wished they could see, too.

Janjak ak Freda tou le de salye Mesye Josèf "Bonjou" jan manman yo te aprann yo.

"Bonjou, timoun," Mesye Josèf reponn. "Kijan nou ye jodi a?"

"Nou trè byen mèsi!" Janjak reponn. "Marenn menen nou vinn wè Mache an Fè a."

Madan Pyè di Mesye Josèf "mwen gen pou m wè avèk kèk nan machann yo ki nan mache a. Tanpri, èske w ta ka voye je sou Janjak ak Freda pandan ke m ap pale ak machann yo?"

Madan Pyè ajoute, "Y ap trè obeyisan epi yo pa p fè dezòd, èske se pa vre timoun?"

"Wi, Marenn, nou pwomèt ou sa," Freda reponn.

Mesye Josèf fè yon gwo souri epi l reponn ke men wi li ta byen kontan voye je sou timoun yo. Janjak ak Freda gade Madan Pyè disparèt nan foul mache a. Yo reflechi sou tout bagay li ta pral wè. Yo pa di anyen men yo te anvi ale wè tou.

"Do you like *keneps*?" Mr. Joseph asked, holding a cluster of the plump green fruits.

"Oh, yes!" Janjak said eagerly. He could feel his mouth water at the thought of popping open the thick green skins and chewing off the tart orange flesh. *Keneps* were one of his favorite treats.

"But we don't have any money to buy them," Freda said.

"As our elders say," Mr. Joseph responded, breaking off a generous cluster of *keneps* for each child, "He who doesn't eat alone never knows hunger."

Janjak and Freda quietly ate their *keneps*, taking in the busy movements of the *machanns*. In long rows, up and down the aisles, the vendors had set up their stalls of goods to sell.

The children could hear the adults bargaining with the vendors for the best price. Everyone sounded very serious, but Freda and Janjak knew it was more like a game between the grown ups and the *machanns*.

Mesye Josèf mande "èske n renmen sa?" Li leve yon gwo pake kenèp ki si tèlman mi yo prèt pou pete po yo montre timoun yo.

"Wi souple!" Janjak reponn byen vit. Bouch li kòmanse fè dlo nan anvi souse yon kenèp. Kenèp se yon bagay ke l pi renmen manje kòm amizman. Li renmen gou chè a jan li ni dous ni si nan menm tan.

Freda di, "men nou pa gen lajan pou n peye yo."

Mesye Josèf reponn, "ebyen, grandèt toujou di ke moun ki pa manje pou kont yo pa janm grangou." Li kase yon bèl grap kenèp lonje bay chak timoun.

Janjak ak Freda souse kenèp yo san yo pa di anyen men yo gade tout aktivite mache a. Machann yo te ranje bak yo ak tab yo sou ran pou yo ofri machandiz yo te genyen pou yo vann.

Timoun yo koute moun ki te vin achte yo ap machande ak machann yo nan chache dènye pri. Gen sa ki t ap pale kòm si yo pa kontan men Janjak ak Freda te byen konnen ke se kòm si yo t ap jwe paske yo t ap toujou tombe dakò ak machann yo.

Mr. Joseph noticed how Freda and Janjak studied all the vendors. "Would you like to meet some of the other *machanns*?" he asked.

"Do you think it would be ok?" Freda asked, looking at all the people.

"Yes, go and enjoy yourselves," Mr. Joseph said. "But don't go too far. I promised Mrs. Pierre that I would keep my eye on you."

Freda and Janjak lept to their feet and walked eagerly down the long corridor. It felt as if everything they could imagine was right here in this one aisle.

There was a man selling brooms, buckets, and other items for the home. Then there was the artisan selling his beautiful carvings from old pieces of metal.

At another stand, Janjak carefully studied the little cars made from old jugs, cans, and bottles. The toy vendor even had fancy toy cars and beautiful dolls brought in from other countries.

Mesye Josèf wè kijan timoun yo t ap gade machann yo. Li mande yo "èske n ta vle fè konesans kèk nan lezòt machann yo?"

Freda reponn, "wi, nou ta byen kontan si sa pa fè anyen."

Mesye Josèf di yo, "ale amize n, men pa ale twò lwen. Mwen pwomèt Madan Pyè pou m voye je sou nou."

Freda ak Janjak pa pèdi tan pou yo kòmanse pwomennen nan gwo koulwa mache a.

Se te kòm si tout bagay yo ta ka panse te la devan yo nan koulwa sa a. Te gen yon mesye ki t ap vann bale, bokit, ak lòt bagay pou kay. Yo wè yon atizan ki t ap vann bèl tablo ke l te dekoupe nan tòl. Yon machan jwèt te gen tout kalite ti machin li te fè avèk ti bwat ak boutèy plastik. Epi tou, li te gen ti machin ak bèl poupe ki sòti nan lòt peyi.

What most caught Freda's eye was the clothing *machann*. Hanging side by side, the colors of the dresses looked like a rainbow stretching over the mountains after a strong rain. But what Freda really wanted to see were the stacks of pretty *mouchwas*. Freda loved to wrap her head in her grandmother's scarves and pretend she was all grown up heading off to the market on her own.

Sitting on top of the stack of *mouchwas* was a beautiful satin red scarf filled with a pattern of blue and pink paisley. How this would sparkle on her grandmother's head!

"*Grann's* birthday is tomorrow," Freda whispered. "Wouldn't she look so pretty in this scarf?"

"Have you forgotten, Freda—we don't have any money to buy the scarf." Janjak said.

"I know," Freda sighed, reaching out her hand to stroke the beautiful *mouchwa*. "I was just thinking..."

Freda li menm, sa ki te pi tire atansyon li se te machann rad la. Li te gen wòb tout koulè kwoke youn bò kote lòt. Koulè yo te sanble yon lakansyèl ki pase sou tèt mòn yo apre yon gwo lapli. Men sa ki te pi enterese l se te pil bèl mouchwa yo. Freda te renmen vlope tèt li ak mouchwa grann li pou l fè kòm si l te yon bèl demwazèl tou gran.

Sa ki te sou tèt pil la te pi bèl pase tout. Se te yon mouchwa wouj ak desen woz ak ble tou viwonnen ansanm. Ala bèl mouchwa sa a ta bèl nan tèt grann li.

Freda di, "demen se fèt anivèsè nesans Grann. Eske mouchwa sa a pa ta fè l byen?"

Janjak reponn, "èske w bliye? Nou pa gen lajan pou n achte mouchwa a."

Freda reponn, "wi, mwen konn sa." Li rann yon ti soupi epi l di "se sèlman reflechi m t ap reflechi…"

"Don't touch!" A gruff voice answered from behind the piles of clothing. "Children always have such sticky fingers and they ruin my things." The clothing *machann* gave a stern look to Freda and Janjak.

Freda quickly pulled her hand back and kept it at her side. She hadn't done anything wrong, she thought. She was just going to take a closer look.

"I'm sorry," Freda answered. "I didn't mean to be rude. I only wanted to—"

Just then, a loud noise came from the entrance. Freda and Janjak could hear the baa-ing of the goat before they saw him turn and run down the aisle where they stood. The goat had a long rope trailing along the ground.

Not far behind came a farmer, running after the goat. "Stop!" he shouted. "Come back!"

The goat was most definitely not listening to the farmer.

Yon vwa sevè dèyè pil rad yo di "pa manyen sa. Timoun toujou gen men sal ki ta ka gate afè m." Machann rad la gade Janjak ak Freda byen di.

Freda rale men li toutswit, li lage l bò kote l. Li pa t panse ke l te fè anyen ki te mal. Se sèlman gade l t ap gade.

Freda reponn "mwen mande w eskiz. Mwen pa t vle fè sa ki pa sa. Se sèlman—"

Nan moman sa a te gen yon gwo bri ki fèt nan antre mache a. Freda ak Janjak te tande rèl kabrit la anvan yo wè l vire kouri desann ale kote yo t ap kanpe a. Kabrit la t ap trennen yon kòd dèyè l.

Mèt kabrit la t ap kouri dèyè l. Li t ap rele "rete la. Tounen vin jwen mwen!"

Kanta kabrit la li menm, li pa t fè okenn lide pou l te okipe mèt li.

The farmer grabbed the end of the rope, but the goat managed to sidestep quickly in another attempt to escape. As the goat jumped away from the farmer, he bumped the table across from the clothing vendor, spilling some of the rice, beans, and ground cornmeal that were for sale. The farmer slipped on the rice kernels, beans, and gritty cornmeal powder that would have made a delightful dish of *mayi moulen* with bean sauce.

As the farmer struggled to regain his balance, he pulled at some of the stacks of clothing, and they went toppling down with him. The goat saw his chance, zig-zagging and running away again with the farmer close behind him.

Janjak and Freda couldn't help but giggle at the silly scene. Nothing this exciting ever happened in the *lakou* where they lived.

Mèt kabrit la lonje pou l pran kòd la men kabrit la fè mouvman pou l eskive mèt li. Pandan kabrit la ap voltije pou l chape, li frape tab ki te anfas machann rad la. Li jete ni diri, ni pwa, ni mayi moulen ki te ofri sou tab la. Mèt kabrit la glise sou grenn diri, pwa, ak mayi moulen ki te tonbe atè yo. Sa te fè yon bèl mayi moulen ak sòs pwa ki te pèdi lè sa a.

Nan chache kenbe kò l pou l pa tonbe mèt kabrit la kenbe pil rad yo epi yo tonbe ansam avè l. Kabrit la pwofite pou l chape ankò kouri a goch e a dwat avèk mèt li dèyè l.

Janjak ak Freda te oblije ri tout betiz kabrit la te fè. Yo pa t janm konn wè evènman konsa nan lakou lakay yo.

Are you ok, Mrs. Jean?" Mr. Joseph had come over to help the clothing vendor who looked very flustered.

"The goat stepped all over this dress," Mrs. Jean wailed. "How can I ever sell a dirty dress?"

"It's ok, Mrs. Jean," Freda spoke up. "We will help you."

"Help me?" Mrs. Jean responded, raising an eyebrow. "How can two children possibly help me?"

But Freda had already left, pulling Janjak along.

Mesye Josèf vin ede machann rad la ki te kòmanse byen eksite. Li mande l "Ki jan w ye Madan Jan? Eske w byen?"

Madan Jan criye, "gade, kabrit la kouri ak pye sal li sou wòb sa a. Kijan mwen pral fè pou m van yon wòb ki pa pwòp?"

Freda di li "pa frakase w Madan Jan. Nou pral ede w avèk sa."

Madan Jan leve je l gade l li di, "ede m? Kijan de timoun ta ka ede m?"

Freda pa reponn. Li te gentan pati ak Janjak dèyè l.

"What are you up to?" Janjak asked. He had seen that look on Freda's face before, and he knew that once his cousin made up her mind, there was no changing it.

Freda walked over to the broom vendor and asked if she could please borrow a broom.

Freda turned to Janjak and handed him the broom. "You can help sweep up the food that fell so more people don't slip like the farmer did," Freda said. "Now, if only I could help Mrs. Jean clean her dress..."

Janjak pointed out the soap vendor who was at the end of the corridor. "Why don't you go ask her if we can have a little soap," he said.

Then Freda noticed the soap vendor also had a plastic bucket next to her. "I wonder if we can borrow her bucket," Freda thought.

By the time Freda had returned with the plastic bucket, water, and a tiny piece of soap, Janjak had already swept up rice, beans, and cornmeal. He was now helping Mrs. Jean with rearranging the stacks of clothing.

Janjak mande "kisa w pral fè?" Li te deja konn wè Freda pran devan konsa ki fè l te konnen ke lè konsa nanpwen chanje lide ti kouzinn li a.

Freda ale jwen machann bale a, li mande l prete yon bale.

Freda vire bay Janjak bale a. Li di l "Ou kapab ale bale manje ki te tonbe yo pou okenn lòt moun pa pèdi pye sou yo jan mèt kabrit la te fè. Freda reflechi "si sèlman mwen te ka ede Madan Jan lave wòb li a..."

Janjak lonje dwet li sou yon machann savon ki te jouk anba nan bout koulwa a. Li di "poukisa w pa al mande l si l ta fè nou kado yon ti savon?"

Lè Freda gade li wè ke machann savon an te genyen yon bokit plastik bò kote l. Freda panse ke pètèt yo ta ka prete bokit la tou.

Lè Freda tounen ak bokit la, dlo, ak yon ti moso savon, Janjak te gentan bale tout dire, pwa, ak mayi moulen ki te tonbe yo. Li t ap ede Madan Jan ranje pil rad ki te gaye yo.

Freda carefully picked up the pink dress and dabbed a little water on the dirty spot where the goat had trampled the fabric. Rubbing soap on the dirt, Freda began to wash the dress just like her mother had taught her down by the stream where they would go on washday.

Back and forth she gently worked the fabric until the dirt was all gone and the dress looked like new.

"Here, Mrs. Jean," Freda said. "Your dress isn't dirty anymore. And now you can sell it." Then she added, "Well, you might want to wait for it to dry first."

Mrs. Jean smiled broadly. "Thank you, child." Then she pursed her lips and asked, "Why did you want to go through so much trouble for an old lady like me? You don't even know me."

Freda spoke up. "We didn't do it by ourselves. The broom vendor, soap vendor, and the man by the water pump all helped. It's like our *marenn* taught us. 'Many hands make light work.'"

Freda pran wòb wòz la epi l mouye kote pye kabrit la te sal li a. Li pase yon ti savon sou kote ki sal la. Freda kòmanse fwote wòb la jan manman li te montre l lè yo konn ale nan dlo pou yo fè lesiv.

Li kontinye fwote rad la tou dousman jouk mak la disparèt epi wòb la tou nèf ankò.

Freda di, "men, Madan Jan, wòb ou a pa sal ankò. Kounye a ou kapab vann li." Li ajoute, "antouka ou ta dwe kite l seche avan ou mete l vann."

Madan Jan fè yon gwo souri epi l di "Mèsi pitit mwen." Apre sa li rete, li gade Freda, li mande l "poukisa w ta vle pase tout traka sa a pou yon vye fanm granmoun tankou m? Ou pa menm rekonèt mwen."

Freda reponn, "nou pa te ka fè sa pou kont nou. Machann bale a, machan savon an, ak mesye nan pomp dlo a tout te ede nou. Marenn nou toujou di nou 'anpil men, chay pa lou.'"

Mrs. Jean looked at Freda and Janjak. "Why were you so interested in this red scarf earlier?"

Janjak answered shyly. "Tomorrow is my *grann's* birthday and we thought it would look pretty on her head. But we know we don't have money to buy it. We were just looking."

Mrs. Jean paused a moment and picked up the *mouchwa*. "There's another saying from our elders. 'The spoon goes to the house of the bowl; the bowl must also go to the house of the spoon.' We must help those who help us," she said. "Take this to your grandmother and tell her that Mrs. Jean from the Iron Market says she should be very proud of her grandchildren."

Freda jumped up and down. "Really?!" she said. "*Mèsi!*"

"Yes, thank you—very much," Janjak replied, taking the *mouchwa*. Then he paused with a worried look on his face. "We didn't help you so that you would give us the scarf. I think you should keep it so you can sell it."

"That, my child," Mrs. Jean said, "is exactly why you must accept it. This is a gift to say thank you." Then she added, "And, perhaps, to also say I'm sorry. I should have spoken more kindly to you when you first approached me."

Madan Jan gade Freda ak Janjak. Li mande yo "poukisa nou t ap si tèlman gade mouchwa wouj sa a talè a?"

Janjak reponn tou wont. "Demen se fèt grann nou. Nou te panse ke mouchwa sa a ta fè li byen anpil men nou pa genyen lajan pou n achete l. Se sèlman gade nou t ap gade.".

Madan Jan reflechi yon moman epi l pran mouchwa a. Li di timoun yo "gen yon lòt dizon ki di 'Kiyè al kay granmèl; se pou granmèl mache kay kiyè tou.' Nou dwe ede moun ki ede nou tou. Pran mouchwa a pote bay grann nou. Di li ke Madan Jan ki nan Mache an Fè a di ke li ta dwe byen fyè ti pitit li yo."

Freda mete danse. Li mande "tout bon?" epi li di "mèsi, mèsi!" san tann repons.

Janjank repon "mèsi anpil, anpil." Li pran mouchwa a. Apre sa li rete li gade Madan Jan. Li souke tèt li, li di. "Nou pa t ede w pou w te ka ban nou mouchwa a. Mwen kwè li ta pi bon pou w kenbe l pou w ka vann li."

Madan Jan reponn, "pitit mwen se sa menm ki fè m ban nou l. Se yon kado mwen ofri nou pou m di nou mèsi, epi tou, pou m di nou ke m regrèt jan m te pale avèk nou lè nou te fèk vini kote m nan."

Just then, Mrs. Pierre returned.

"Have you been good, my children?" she asked.

Mr. Joseph walked over and answered. "They were a big help. You may bring your godchildren to visit any time you'd like, Mrs. Pierre."

"Yes, any time," Mrs. Jean echoed.

As they took Mrs. Pierre by the hand, the children waved goodbye to their new friends. "*A pi ta!*" they shouted.

"See you later," the vendors responded.

"Baaa-aaaa!" rang out in the distance, and everyone laughed.

Lè sa Madan Pyè tounen.

Li mande "eske nou te janti, timoun mwen yo?"

Mesye Josèf mache vini kote yo li reponn pou yo. "Yo te byen janti. Yo bay bon kout men. Ou mèt menen fiyèl ou yo vini wè nou nenpòt lè ou vle, Madan Pyè."

Madan Jan ajoute "wi, nenpòt lè."

Timoun yo mete yon men nan men Madan Pyè epi yo chak leve lòt men yo a pou yo voye babay pou zanmi yo te fè yo. Yo vire tèt yo epi yo di byen fò "a pita." Machann yo reponn "a pita."

Byen lwen nan mache a yo tande yon kabrit k ap kriye "baaa-aaaa!" Tout moun ri.

About the Iron Market

The Iron Market of Haiti has a very special history. The market was built in the nation's capital, Port-au-Prince, in 1891. Since then, it has served a very important landmark and symbol for the Haitian people. But how it arrived in Haiti is, to this day, a great story in itself.

The Iron Market was built in pieces in France in 1889. It was intended to go to Egypt to become the railway station in Cairo. The sale to Egypt did not go through so Haiti's President Florvil Hyppolite purchased it to help modernize Port-au-Prince. The market is known as Mache Hyppolite and as Mache Anba but more commonly and fondly as Mache an Fè.

During the great earthquake of 2010, the Iron Market was badly damaged. The international community rallied to help save the market and rebuild it. The new market is stronger, resistant to hurricanes and earthquakes, and even has solar panels.

Konsènan Mache an Fè

Mache an Fè Ayiti a genyen yon istwa espesyal anpil. Mache a te bati nan Pòtoprens, kapital peyi a nan ane 1891. Depi lè sa a li sèvi kòm yon referans ak yon senbòl ki enpòtan pou pèp Ayiti. Men, jan mache a te vin rive nan peyi Ayiti se yon lòt istwa.

Mache an Fè a te konstwi moso pa moso an Frans nan ane 1889. Li te fèt sou kòmann pou peyi Lejip kote yo tapral sèvi li kòm estasyon tren nan Kè, kapital peyi a. Lè afè avèk Lejip la kontraye, Presidan Florvil Hyppolite achte li pou sèvi kòm yon bèl mache alamòd nan Pòtoprens. Mache a gen twa non. Li rele Mache Hyppolite, li rele Mache Anba, men, pi souvan, tout moun pran gran plezi pou yo rele li Mache an Fè.

Gran tranbleman tè ki te fèt nan ane 2010 la te domaje mache a. Kominote entènasyonal la mete ansanm avèk Ayiti po yo sove mache e pou yo bati li ankò. Mache an Fè nèf la pi solid ke toujou pou l reziste siklòn ak tranbleman tè. Kounye a li menm genyen pano solè.

Glossary & Pronunciation Guide

CREOLE	PRONUNCIATION	ENGLISH
taptap	tahp · tahp	jitney
marenn	'ma · wren	godmother
fresko	'fres · ko	snow cone
kenèp	'keh · nep	ginep
bonjou	'boh · zhoo	good morning
machann	'ma · shahn	vendor
mouchwa	'moo · shwa	head scarf
grann	grahn	grandmother
mayi moulen	ma · 'yee moo · leh	corn meal
lakou	'la · koo	neighborhood
mèsi	meh · 'see	thank you
a pita	ah pee · 'tah	see you later

Elizabeth Turnbull was born and raised in Haiti where she grew up surrounded by the sights and sounds brought to life in her Haitian children's stories. As a young child she would spend hours snuggled in the laps of her parents and older brothers while they would read a story to her. One of her greatest joys was learning to read and having the power to unleash the stories for herself. Elizabeth went on to study Spanish and Journalism at Wake Forest University and receive her MA in Latin American and Caribbean Studies from Florida International University. Today, she is the Senior Editor for Light Messages Publishing where she believes she is immensely blessed to immerse herself in new stories every day. Elizabeth lives in Durham, NC, with her husband and step-daughter. Together, they are starting a small farm, where they hope to have lots of their own adventures.

Elizabeth Turnbull te fèt nan peyi Ayiti. Li fè sa l te konn tande ak sa l te konn wè depi l te timoun vin pase nan istwa ke l ekri pou timoun yo. Lè li te jèn li te konn pran plezi nan chita sou janm paran ak gran frè li yo pou l koute istwa yo tap li pou li. Se te yon pi gran jwa pou li lè l te vin konn li pou l te kapab tire istwa yo nan liv yo pou tèt li. Elizabeth te fè etid Panyòl ak jounalis nan Inivèsite Wake Forest. Apre sa l fè metriz etid Amerik Latin ak Karayib nan Inivèsite Florida Entènasyonal. Kounye a l ap travay kòm Editè an Chèf pou piblikasyon Light Messages kote li jwen plezi rankontre istwa chak jou nan maniskri ke otè soumèt. Elizabeth viv nan Durham, NC avèk mari li e bèlfi li. Ansanm y ap devlope yon ti fèm kote yo swete pou yo jwenn anpil avanti ak pwòp istwa pa yo.

Mark Jones was born in Switzerland, grew up in Florida, graduated from the School of Visual Arts in New York City, and currently lives and works in London, England. Mark has illustrated many children's books including *Mermaid Dance*, *Butterfly Birthday* and *Snow Party*, which was his first picture book.

Mark Jones, atis ki kreye desen sa yo te fèt an Swis e li te leve an Florid. Li diplome nan lekòl School of Visual Arts New York. Kounye a li viv a Lonn an Angletè. Mark fè desen pou anpil liv timoun, pami yo *Mermaid Dance*, *Butterfly Birthday*, ak *Snow Party* ki te premye liv desen li.

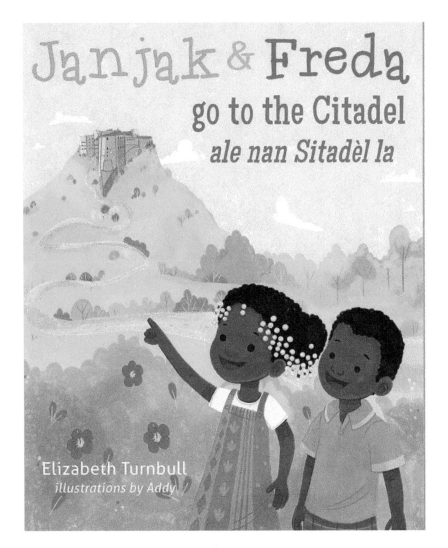

Other Janjak and Freda Adventures

Cousins Janjak and Freda travel with their godmother to visit one of Haiti's most famous national treasures: the Citadelle. On their big adventure, they make a new friend who shows them that everyone can use a helping hand. As they tour the famous fortress, they learn important lessons about encouragement and sharing.

Lòt Avanti Janjak ak Freda

Kouzen Janjak ak Freda vwayaje ak marenn yo pou vizite yon gran trezò nasyonal peyi Ayiti: Sitadèl la. Nan gwo avanti sa, yo fè yon nouvo zanmi ki montre yo kijan tout moun ka sèvi ak yon koutmen. Pandan y ap vizite fò a, yo aprann leson enpòtan sou ankourajman ak pataje.

Printed in the USA
CPSIA information can be obtained
at www.ICGtesting.com
LVHW051337290923
759457LV00003B/33